푸른사상
시선
104

생리대 사회학

안준철 시집

푸른사상
PRUNSASANG

푸른사상 시선 104

생리대 사회학

인쇄 · 2019년 7월 5일 | 발행 · 2019년 7월 10일

지은이 · 안준철
펴낸이 · 한봉숙
펴낸곳 · 푸른사상사

주간 · 맹문재 | 편집 · 지순이, 김수란 | 마케팅 · 김두천
등록 · 1999년 7월 8일 제2-2876호
주소 · 경기도 파주시 회동길 337-16(서패동 470-6) 푸른사상사
대표전화 · 031) 955-9111(2) | 팩시밀리 · 031) 955-9114
이메일 · prun21c@hanmail.net /prunsasang@naver.com
홈페이지 · http://www.prun21c.com

ⓒ 안준철, 2019

ISBN 979-11-308-1445-2   03810
값 9,000원

푸른사상 시선 104

생리대 사회학

　반평생 몸담았던 학교와 아이들을 떠나온 뒤, 자전거를 타고 천변을 따라 구순을 바라보고 계시는 장모님 댁에 동무해드리러 가는 것이 일이 되었다. 연속극 재방송을 같이 보다가 다시 자전거를 타고 돌아오는 길, 철이 들기도 전에 너무도 일찍 돌아가신 나를 낳아주신 어머니가 눈에 밟히곤 했다. 어머니는 내게 몸만 주신 것이 아니었다. 까까머리 중학생 시절, 처음으로 쓴 시 비슷한 것을 보시고 애정이 가득 담긴 눈빛으로 나를 바라보셨다. 그때의 기억이 나를 버티게 한 것은 아닐까. 시를 쓸 때마다 내 삶의 한계가 고스란히 드러나 괴로워하면서도 말이다. 두 분 어머님께 이 시집을 바친다.

2019년 6월
안준철

| 차례 |

■ 시인의 말

제1부

제2부

제3부

제4부

제5부

제1부

조금

4월, 조금 이른 아침
간밤에 춘설이 내렸나
산길에 눈이 조금 쌓여 있다
바람 조금 차갑고
햇살 조금 따뜻하다
차가운 것 조금
따뜻한 것 조금
서로를 조금씩 내어놓고
흥정을 붙이더니
어르고 달래더니
이내 알맞게 섞인다

그 사이
초록, 조금 짙어진다

병원 나들이 가는 길

병원 나들이 가는 길

건널목 맞은편에 서 있는
예쁜 귀마개를 한 소녀와
그 건너편에 서 있는 늙수그레한 사내가
생명의 끈으로 이어져 있다는
유쾌한 상상

작은 나무처럼 서 있는
한 소녀의 자람이
나의 시듦으로 인한 것이라면
억울할 것 같지 않다는
즐거운 계산

신호등이 바뀌자
얼었던 풍경들이 스스로 풀리고
어려운 숙제를 푼 소년처럼
배시시 웃다

안개와 풍경

안개를 찍고 오겠다고
전날 차를 몰고 나간 아들에게
아침에 전화를 걸었다

아들은 잠이 덜 깬 목소리로
새벽안개를 찍으러 갔다가
안개가 너무 많아 그냥 돌아왔다고 했다

나는 한참 만에야 그 말뜻을 알아들었다
안개도 여백이 필요하다는 것을
안개 혼자서는 풍경이 될 수 없다는 것을

안개는 풍경을 지워서 풍경을 만들지만
지독한 안개는 풍경을 만들지 못한다는 것을

지독한 사랑이 또한 그러하리라고
나는 생각했다

어떤 야만

외진 길에서 만난 한 여자
몸이 아팠던 것인지 다리를 절면서
내 앞으로 걸어오고 있다

다리를 전다기보다는
발을 내딛기 전
잠시 어딘가 해찰을 하는 듯하다

허공 속에서
몸이 잠깐 떠 있다가
이윽고 내려오는 모양새다

그 망설임의 순간들이
걸음걸이에도 영혼이 있음을
말해주는 것 같기도 하다

우아하고 아름답다

왼발과 오른발이
땅에 당도하는 시간의 차이가
빚어낸 아름다움이다

그 차이를 견디지 못하는 것은
야만이다

봄의 사중주

미나리꽝에 처음 갔을 때는
너른 밭에서 사내 혼자 일을 하고 있었다
마치 씨름 선수가 상대 선수를
요리조리 기술을 걸어서 넘어뜨리듯
혼신의 힘을 다해 미나리를 뽑고 있었는데
장화 속을 파고드는 냉기보다도
혼자 감당하기에는 아득한 넓이가
사내를 더 막막하게 했으리라, 생각하니
나도 모르게 가슴이 찡해져서는
왜 혼자서 일을 하고 있는 거냐고
큰 소리로 묻고 싶었지만
밭에 들어가 일손을 덜어줄 것도 아니어서
둑길에 자전거를 받쳐놓고
잠깐 나도 막막한 기분으로 서 있다가
돌아온 것이 고작이었다

한 달쯤 지났을까
다시 자전거를 타고 가본 미나리꽝에서는

사내 넷이서 함께 일을 하고 있었다

미나리를 한 다발씩 손에 쥐고

한 가닥 한 가닥 희망을 뿌리듯

푸른 모종을 밭에 던져주고 있었는데

혼자서는 막막하던 넓이를

사내 넷이서 엉덩이로 뭉개며

섬세한 악기를 다루는 들판의 악사들처럼

분주하게 손을 놀리고 있는 모습이

세상 무엇과도 견줄 수 없는 아름다움이어서

어쩌다가 넷이서 뭉치게 되었는지

함께 나란히 봄을 심을 수 있었는지

큰 소리로 물어보고 싶은 것을

애써 참고 돌아와야 했다

탑

돌 위에
돌 하나 놓여 있다

돌 위에 돌을 얹으면
마음이 되는구나

돌과 돌이 포개지면
기도가 되는구나

지고지순한 사랑은
저렇듯 간명하구나

돌 하나를
더 얹으려다, 만다

참회록

한 그루 나무에
수천수만의 이파리가 달려 있다

오늘 처음
그렁그렁한 눈으로
이파리 하나하나를 바라보았다

참 많이도 늦었다

말

고전 사극에 등장하는 군마들
그 뒤를 따르는 수많은 병졸들
요즘 영화나 연속극을 보면
내 눈은 그들을 좇고 있다
역사 속의 엑스트라들은
현실에서도 극중 대사가 없는
엑스트라 무명 배우들의 몫이다
영화 속의 그들은 말이 없지만
촬영이 끝나고 나면
소주라도 한잔 들이켜며
뒷담화를 까다가
집으로 돌아갈 것이다

마구간으로 돌아온 뒤에도
묵묵히 건초를 씹고 있을 뿐
말이 없는 말들의 말
그 침묵의 언어가 나는 궁금하다
인간의 전쟁터에서

영문도 모르고 날뛰다가
죄 없이 죽어가는 말들의 말

혹시 모르지
수백만 년이 지나면
말들의 말을 인간의 말로 번역해줄
지금의 구글이나 파파고보다도
수천수만 배 진화된 기계가 나올지도

궁금하다
말들이 하지 못한 그 말들이

눈길

한강의 소설, 여수의 사랑을 읽다가
눈살을 모으며, 라는
평범한 문구에 눈길이 가닿았다

정작은
눈살, 두 글자에서
눈길이 사뭇 오래 머물러 있었다

눈과 살이 만나 눈살이 되었구나
해가 떠나보낸 살이 햇살이 되었듯이

또 뭐가 없을까, 생각하다가
눈살이라는 글자에 머물렀던
내 눈길을 떠올렸다

눈길은 눈이 간 길이니
너를 바라본 것이 모두 길(道)이었구나

생애의 저녁이 이슥토록

순한 눈길 하나 내고 싶었다

어떤 풍장

산길에서 여린 나뭇가지를 하나 주웠다
처음에는 지팡이로 쓸 요량이었지만
조금만 힘을 가해도 부러질 태세여서
심심풀이 삼아 손에 들고 있다가
어디쯤 가서 버릴 생각이었다

그걸 끝내 버리지 못한 것은
금방이라도 부러질 듯이
큰 타원을 그리며 휘청거리다가도
매번 원상태로 돌아와 있는
아슬아슬한 탄성의 묘미 때문이었다

재미가 더해지기 시작한 것은
손에 힘을 빼고
막대기를 짚는 요령이 생기면서부터였다
그런 기술이 몸에 익다 보니
떨어져 뒹구는 낙엽도 몸을 덜 상했다

산을 내려와서는

나무 지팡이를 낙엽 더미 위에 내려놓고

마치 풍장이라도 하듯

잠깐 동안 손을 모으고 서 있었다

꽃들이 울고 있더라

이른 아침 출근길
이슬이 내린 줄 알았더니
꽃들이 울고 있더라
무슨 슬픈 일이 있느냐
넌지시 물었더니
내가 울지 않아 대신 운다 하더라

왜 내가 울어야 하느냐
다시금 물었더니
세상의 진실이 스러졌다 하더라
민주주의가 도륙 났는데
아무도 곡(哭)하는 사람이 없어서
대신 울고 있다 하더라

가랑잎 같은 아이들 하늘로 보내고
소나무 같은 선생님들 거리로 내몰고
이런 게 무슨 나라냐고
이게 무슨 얼어 죽을 교육대국이냐고

꽃들이 울고 있더라

어스름한 저녁 산책길
빗방울이 떨어진 줄 알았더니
꽃들이 울고 있더라
길가에 버려진 돌멩이들과 연대하여
내 대신, 꽃들이 울고 있더라

나는 아직 애도하지 않았다

나는 눈물을 흘리지 않았다
아니, 눈물이 나지 않았다
날카로운 옷핀을 눌러 찔러
가슴에 검정 리본을 달면서도
가슴이 아파오지 않았다
아이들이 노란 편지지에
빼곡히 뭔가를 적고 있을 때도
내 머릿속은 하얗게 바래어 있었다

내가 이런 사람이었나?
나는 나에게 물었다
너무 비현실적인 일이 벌어졌기 때문일 거라고
나는 나를 변명했다
그것이 아니라면
내가 과연 사람인가?
나는 뉘우치고도 싶었다

나는 누군가와의

싸움을 생각하고 있었는지도 모른다
세상을 갉아먹는 모든 관행과
내 안에 뿌리내린 온갖 관성과
뉘우쳐도 진실로 뉘우치지 않는
너의 끝 모를 탐욕과
뉘우쳐도 진실로 뉘우쳐지지 않는
나의 철저하지 못함과

나는 아직 애도하지 않았다
나는 싸울 것이다
싸워서 이길 것이다
그때 비로소 참회의 눈물을 흘릴 것이다
아이들아!
그때까지만 나를 용서해다오

그때까지는
나를 용서하지 말아다오

이월이의 반가사유

장모님 댁에 가면
이월이가 가장 먼저 나를 반긴다
꼬리를 흔드는 것은 기본
눈에 가득 반가움을 담고
이리 뛰고 저리 뛰고
어쩔 줄 몰라 요란을 떤다

처음에는 아내를 더 살갑게 대하고
백년손님인 나는 뒷전이더니
일도 없이 자전거를 타고
장모님 댁을 중뿔나게 드나들면서
판세가 뒤바뀐 듯도 하다

이월이가 나를 격렬하게 반기는 걸 보면
내가 몹시 보고 싶었거나
못 견디게 심심했거나
둘 중 하나일 거라고
합리적 추론을 해본 적이 있다

반가움은 심심함의 반증일 거라고

내가 안으로 들어가면
이월이는 덩그러니 혼자가 될 것이다
살갑고 반가운 사람이 안에 있는데
밖에서의 기다림은 한정도 없이 깊어질 테고
심심함이 적막감으로 변하는
사무침의 시간도 익어갈 것이다

그때 이월이의 자세에 대해
생각해보는 것이다

개 같다는 말이나
개만도 못한 사람이란 말은
사람을 모욕하기 전에 개를 먼저 모욕하는
지독한 비문이다

빙의가 온 날

모악산을 넘어
금산사로 내려오는 산길은
주말에도 인적이 드문 편이어서
평일에는 온 산을 혼자
독차지한 기분이 들 정도다

그 적막감이 좋아서
가파른 비탈길을 택하여
다리를 절뚝이며 내려오다 보면
너른 절터를 지나
주차장 식당가로 가는 길목에서
포장마차 행상 부부를 만나게 된다

나는 단골 식당에서
산채비빔밥을 맛있게 먹을 요량으로
그곳을 그냥 지나치곤 했는데
평일에는 산이나 그곳이나
적막강산이긴 마찬가지여서

두 부부를 외면한 것이
무슨 죄라도 짓는 것만 같아
가슴이 두근거리곤 했었다

그날도 평일이었는데
한두 사람을 스쳤을 뿐인
호젓한 산길을 따라 내려와
그곳을 지나가야 할 참이었다
멀리 포장마차와
두 부부가 눈에 들어오자
가슴이 마구 뛰기 시작했는데

어라, 내 가슴이 뛰는 것이 아니었다
두 행상 부부가
내 안으로 들어와
가슴 두근거리며
저만치서 걸어오는
한 사내를 바라보고 서 있는 거였다

한 걸음 한 걸음 다가오는

다가와서는 그냥 지나칠 것만 같은

그러면 안 되는데

그냥 가면 안 되는데

우리 집 군밤이 달고 고소해서

맛을 보면 그냥 지나가지는 못할 텐데……

빙의가 온 날

단골 식당에는 들르지 않았다

제2부

내 몸은 너무 성성하다

가을 등나무 숲
얼키설키 똬리를 틀고 있는
팔뚝만 한 가지들이
녹슨 함석처럼 헐어 있다

손끝으로 가만 눌러보니
나무 속살까지 푸욱 들어가
폐가의 벽지처럼
금세 너덜너덜해진다

똥내 나는 천연 순대 속 같은
숭숭 뚫린 구멍에서
일개 소대 병력의 개미 떼들이
한참 식사 중이시다

내 몸은 너무 성성하다

앵두 따는 법

대개는 임자가 없거나
주인 행세를 해도 무방한 나무들이다
헌데도, 앵두를 딸 때마다
달콤한 죄를 짓는 기분이 든다

손을 뻗어 애써 딴 것이
손아귀를 벗어나
허무하게 땅에 떨어질 때는
인생에서 뭔가 흘린 기분이 들기도 한다

그걸 만회하려는 심사로
얼마를 따고 얼마를 남겨야 할지
궁리하다 보면
마음은 차츰 안정을 되찾는다

손놀림이 빠를수록
흘리지 않고 앵두를 따는 법은 없다

한 알 한 알

알알이 맺힌 열매를 떼어내면

앙증한 것들이 가리고 있던

푸른 하늘의 무궁함을 만나기도 한다

괜찮다

잠깐 다리쉼을 하려고
징검다리로 내려가는 계단에 앉았다

밤새 물이 불어나 있었고
물에 잠긴 돌다리는 아무 쓸모가 없다

생각해보니, 쓸모없기로는
다리로 내려가기 위해 만든
돌계단도 마찬가지다

쓸모를 잃은 계단에 앉아
건널 수 없는 강을 바라보는 일이
무료하지가 않다

바닥에 박힌 돌들이 있어
격랑의 파도가 아름답다

가끔은, 아주 가끔은

빛나는 순간도 있지만 대개는
아무 소용도 없는 사랑의 일이

괜찮다

하루

아내가 눈병으로 고생하는 동안
장모님은 전화로만 안부를 물어오셨다
이삼 년 뒤면 구순이 되시는
장모님께 눈병이라도 옮길까 봐
아내는 전전긍긍했던 것인데
대신 내가 장모님 댁에 들러
연속극 재방을 같이 보기도 하고
그러다가는 언젠지도 모르게
깜빡 잠이 드신 장모님 곁에서
한숨 푹 자고 오기도 했다

초록을 잃고서야 제 색깔을 얻은
백발의 억새가 눈부신 천변을 따라
자전거를 타고 갔다가
자전거를 타고 돌아왔다

하루가 물 흐르듯 지나갔다

온전한 시간

날이 추워 동네 사랑방인
기름집에도 못 가시는 장모님
와병 중인 아내 대신
동무해드리러 가는 길

배낭 속에 시집 한 권
넣어 갈까 말까 고민하다, 넣고 말았다
남아도는 시간이 재산인 백수 주제에
온전한 시간을 드리는 것이
이리도 어려운 일일까, 나를 힐난하면서

올해 여든여덟이 되시는 장모님은
시집온 지 얼마 안 되어
친척들이 권해서 마신 소주 한 잔에
지랄병이 나셨다고 하시더니
포복절도할 준비를 마친 사위 앞에서
손과 목을 비비 꼬는 시늉을 해 보이셨다

연속극 재방을 같이 보다가
소주 먹는 장면이 나오자
우리도 소주 한잔 할까 하시더니
호랑이 담배 먹던 시절의 이야기 한 토막을
꺼내 드신 것인데……

소주는 그렇게 되었고, 나중에
피자 먹는 장면이 나오자
우리도 피자 시켜 먹자고 하시더니
이번에는 진짜로 지갑에서
배춧잎 석 장을 꺼내시는 것이었다

장모님 한 조각 나 두 조각
맛있게 먹고 남은 피자를
장모님은 한사코 가져가라고 하시고
나는 두고 드시라고 하고
옥신각신 끝에 내가 지고 말았는데……

남은 조각을 바리바리 싸서
배낭에 넣어주시는 장모님
구겨진 종이 같은 손등을 바라보다가
집에서 가져온 시집이 눈에 띄자
마음을 들킨 듯 부끄러운 마음에
얼른 배낭을 쥐어 들었다

온전한 시간을 드릴 날이 많지 않다

위로

눈병 걸린 아내가 가야금을 뜯고 있네

불편한 눈을 지그시 감은 채
점자판 위로 손가락이 가듯
악보도 없이 더듬어 소리를 내고 있네
자기가 내는 음으로 자기를 위로하고 있네

늘그막에 취미 삼아 배운 가야금 솜씨가
얼치기로 배운 내 시만 할까
내 시로 나를 위로할 수 있을까

눈병 걸린 아내의 가야금 소리가
소파에 길게 누워 시를 읽고 있는
나를 위로하고 있네

아무래도 내가
한 수 아래인 것 같네

파시

성수기가 지난 연못에는
시간에 그을려 퇴락한 것들이
꺾이고 처박히고 말라비틀어져 있다
빛을 잃어 똥색이 된 얼굴들이
알 수 없는 따스함으로
소멸을 완성해가고 있다

고장 난 허리를 치료하느라
시장 근처 동네 의원에 입원한 적 있었다
병세가 호전되자 시장 구경을 나가곤 했는데
한 시간도 넘게 버스를 기다리며
정류장 플라스틱 의자에 망연히 앉아 계시던
시골 할머니들의 시들어빠진 얼굴을
멀거니 바라보다 돌아오곤 하였다

알 수 없는 미소를 머금고
돌아오곤 하였다

차마

동네 뒷산에서 만난
곱게 늙으신 얼굴에 비하면
허리가 많이 휘어지신 할머니는
검게 썩어 흙으로 돌아가고 있는
나무 그루터기를 열심히 찍고 있는
저에게 다가오시더니
왜 예쁜 꽃을 찍지 않고
썩은 나무를 찍고 있느냐고
나무라시듯 물으셨습니다

그래서 저는
썩은 나무라서 찍고 있다고
저 나무 그루터기가
꽃처럼 예쁘지는 않지만
조용히 썩어가고 있는 모습이
흙으로 곱게 돌아가는 모습이
세상 어떤 풍경보다도
아름다워서 찍고 있는 거라고

변명하듯 말씀드렸습니다

차마
속으로만 말씀드렸습니다

시인과 의사

내 무르팍 어디쯤
귀뚜라미 한 마리 살고 있어
나 여기 있소
신호를 보내올 때마다
그 쓸쓸함의 깊이가
고스란히 내게로 와
찌릿찌릿한 통증으로 번역되지만
끌로 바위를 쪼개는
끔찍한 기억도 망각으로 덮이고
신호가 오는 아픈 부위를
손끝으로 툭툭 두드리며
이쪽 안부를 전하면
알았다는 듯이 찌릿찌릿
저쪽 안부를 보내온다

동네 정형외과 의사는
흑백 사진으로 찍혀 나온
허름한 내 뼈를 보여주며

무릎 연골이 많이 닳았다고 했지만

귀뚜라미의 행방에 대해서는

전혀 알지 못했다

꽃구경

어머니, 일루 와보세요
다른 꽃나무들은 냄새가 없는데
매화는 향이 나요
꽃에다 코를 댈 필요도 없어요
여기 꽃나무 아래 서 있으면
저절로 향이 나요

낼모레 꽃구경 가려고 했더니
이것이 못 하게 한다고
당신의 배꼽에게 삿대질을 하셨지요
그 배꼽 아래 자궁에서 길러낸 자식들
눈에 밟혀 일일이 챙기시느라
몸에 들어온지도 모르셨겠지요

대장암 수술 날짜 잡아놓고
딸들과 꽃구경 시장 구경하고 오신 장모님
집에 들어오시기가 무섭게
장에서 사 온 것들 거실에 부려놓고

멸치젓갈 고춧가루 알맞게 뒤섞어
갓김치 담그시느라 여념이 없으시다

다 큰 딸들을 진두지휘하시는
그 거동이 어찌나 힘차고 예쁘신지
저절로 향이 나던지
내게는 꽃구경이 따로 없었다

아름다운 모델

방년 88세
구례 섬진강 벚꽃길

어머니,
거기 난간에 좀 기대보세요
예, 그렇게요
고개 좀 들어보실래요
조금 더요
저 바라보지 마시고요
예, 그렇게 하늘 쪽으로요

내게로 오던 눈길이
잠시 머뭇대다가
이내 어디쯤 자리를 잡았다
허공인지 꽃인지
강물에 어룽대는 당신 자신이었는지
바라보는 눈빛 무구하다

환하게 웃어보시란 말은

하지 않았다

저기요

똑바로 마주 보기가 민망한
좁디좁은 밀실 같은 공간에서
통성명도 없었던 그녀와
몇 번 말을 나눈 적이 있다

누가 먼저 말을 걸었는지
기억이 가물가물하지만
우린 서로의 이름도 모른 채
친구가 되어 있었다

언젠가는
몸이 곤두박질칠 만큼
상체를 깊이 수그리고
방천길을 바삐 걸어가는 그녀를

저기요, 저기요
큰 소리로 불러 세웠다

그렇게 걸으면

허리가 병날지도 모르니
걸음걸이를 고쳐보라고 하자
그녀는 그러겠노라고 했다

그 후 얼마 뒤
자전거를 타고 방천길을 지나다가
몸을 부러 곧추세우고
애써 바르게 걷고 있는 그녀를 보았다

나도 모르게 코끝이 찡해져서는
손을 크게 흔들어 보이며
저기요!
저기요!

그러다가 또 얼마 뒤
엘리베이터 안에서 그녀를 보았다
흰 마스크를 쓰고
하늘색 손걸레로 거울을 닦고 있는

각방

나이가 들면서
아내나 나나 잠이 많이 얕아졌다
애써 잠을 청해놓으면
한쪽이 부스럭거리는 바람에
곤한 잠이 달아나기 일쑤다

그러다가도
용케 다시 잠이 찾아와
하루의 죽음으로 넘어갈 때
차마 인사 없이 떠날 수가 없어서
화들짝 놀라 잠이 깨곤 한다

이번이 마지막이라고
내일 출근도 해야 하니
잠이 오면 그냥 잠을 자자고
굳게 한 약속이 번번이 지켜지지 않아
결국은 베개를 들고 내 방으로 온다

이대로 나이를 먹다 보면
하루만의 작별로는 끝나지 않는
생애 마지막 인사를 나누고
각방으로 갈 날이 오고야 말 것인데
그땐 누가 누구를 위로할 수 있을까

아내는 뒷수습을 자기가 할 테니
나더러 먼저 죽으라고 하고
나는 아내더러 먼저 가라고 하고
그런 옥신각신 끝에
한쪽이 먼저 잠에 떨어질 때도 있다

그런 날은
모처럼 각방을 쓰지 않은 날이다

시간 여행

감기와 눈병이 동시 상영으로 와서
동네 안과와 이비인후과와 내과를 돌아
다시 안과에서 차례를 기다리다가
지치는지 머리를 기대오는 아내

내 어깨에 뭉클한 무게로 내려앉아
눈송이처럼 곤히 잠들었던 여자

제3부

환대

길 가다가 만난
풀꽃 한 무더기
허리께를 잘 모아 쥐면
한 아름의 꽃다발이 될 성싶어
손을 모으는 시늉만 하고는
막 돌아서려는데
눈이 유난히 큰 꽃망울 하나가
나를 빤히 쳐다본다

가만 보니
눈망울이 작은 꽃들도
안 보는 척
곁눈질을 하고 있다

아우뻘쯤 돼 보이는 사내와

작업복 차림의 한 사내가
낡은 기와집 담장을
망치로 툭툭 치고 있다

아직은 일의 초입이라
망치는 벽에 균열을 내는 대신
사내의 손목뼈를 금 가게 할 것 같다

나는 마음 졸이며
오 분 정도 그 자리에 서 있다가
가던 길을 다시 갔다

사내가 망치를 내려칠 때마다
통통 튕겨져 나오던 그 막막함이
어딘지 낯이 익어 발걸음이 멎곤 했다

그 막막함의 깊이가
끝내는 담장을 금 가게 할 것이라고

나는 애써 믿고 싶었다

일이 끝날 때쯤 다시 찾아가
아우뻘쯤 돼 보이는 사내와
술이라도 한잔 하고 싶었다

시월에

날이 차니
햇살 따뜻하다

길 가다 신호등 앞에 멈춰 서서
몸을 파고드는 따스함에
일순 생이 온전해지다

여름 내내
두려운 위협이었던 해가
몸을 해하지 않는 것이 신기하다

뜨거운 진원에서 멀어진
얼마간의 소원함과
식어버린 열기 때문이리라

무슨 영문인지
슬픈 날은 죄스럽지가 않다
깨끗한 이에게 수혈받고 싶었던

내 피가 더럽지 않다

냉장고가 없던 시절
소쿠리 속에서 식어간 밥처럼
소슬바람에
내 몸 식히고 싶다

빨간 조끼

그냥 지나가기만 해봐라

자전거 타고
방천둑길을 지나는데
빨간 조끼 입고
연좌 농성 벌이고 있는 봄꽃들

피어달라고 사정한 적도 없는데
다른 사람들을 다 보내주고
소심한 나만 붙잡고
당장 파업이라도 할 태세다

당신의 기쁨이 될 수 없다면
차라리
봄을 거두어 가겠노라고

저, 사랑스런
봄의 빚쟁이들!

처서(處暑)

가을이 깊어지길 바랐다
오랜 갈망의 끝에 서 있기를 바랐다
슬픔도 바다처럼 시퍼레지길 바랐다

시방 나는
이 계절의 머뭇거림이 좋다
오는 듯 가는 듯
그리운 듯 아닌 듯

얕은 시냇물처럼
끝내 울음으로 가지 못한
너의 울먹임

남원역에서

순천에서 삼십 년을 살다가
고향인 전주로 거처를 옮긴 뒤로
기차를 탈 때마다 행선지가 오리무중이다

전주 한 장 주세요
여기가 전준데요
아니, 순천이요

이런 가벼운 미수에 그치지 않고
전주발 순천행을 순천발 전주행으로
아예 예매를 잘못하여
낭패를 보는 날도 있다

뒤늦게야 사태를 알아차리고
화들짝 놀라 내린 남원역 대합실에서
나를 구해줄 마지막 기차를 기다리다가
막 자정으로 넘어서는 순간과 마주쳤다

텅 빈 대합실에 정적이 흐르고
아, 이 정적이 얼마 만인지
나는 적막해졌다기보다는
적막해지고 싶어서 자세를 고쳐 앉았다

역사를 빠져나올 때는
혼자 있던 자리를 힐끗 돌아보았다

산책

눈병에 귓병까지 얹어져
내 도움이 없이는
눕지도 앉지도 서지도 못하던 아내와
달포 만에 나온 바깥나들이였다

아내는 혼자서도 걸을 만한지
나를 앞서거니 뒤서거니 하더니
느닷없이 내게 물었다
발을 저네?

아직도 안 나은 거냐고
아내는 재차 내게 물었고
평생 갈 것 같다고
나는 대수롭지 않게 말해주었다

평생이라는 말의 무게가
가벼워졌는데, 순전히 나이 덕이지 싶다
어려운 철학을 들먹일 것도 없고

그냥 산수로 풀면 알 일!

평생 발을 절어도 상관은 없지만
끝이 환한 골목길이 그려지는 건
모르면 몰라도, 산책을 마치면
늘 따뜻한 집으로 돌아갔기 때문일 거다

길섶엔 아직 꽃이 피어 있지 않아서
부드러운 흙을 밟고 걷기에 좋았다
곧 봄이 오면
꽃을 보고 걸을 수 있어서 좋을 것이다

노을이 오지 않은 저녁

다 늦은 오후
와온 바다에 가보았다

저녁 꽃물이 들기를 기다렸으나
하늘은 구름이 낀 채 저물고 있었다
저물면서 빛나는 순간은 끝내 오지 않았다

노을이 오지 않은 저녁은
하루 종일 아무 일도 일어나지 않은
평범한 처녀애의 일상 같았다

흐린 하늘과 잿빛 바다가 맞닿은
먼 풍경의 소실점에서는
잔물결들만 일렁이고 있었다

아무 일도 일어나지 않은 바다가
차츰 좋아지기 시작했다
아무 일이 없어도 깊어진 사람처럼

밤바다가 그리워 찾아갔지만

밤이 오기 전에 바다를 떠났다

가을비

신호등을 기다리는데
비가 사선을 그리며 내린다

바람이 왼편 어깨를 건들고 간다
나를 건들고 간다

신호등이 바뀐 줄도 모르고
나는 사선으로 서 있다

순간의 꽃

아침노을은
참으로 한순간이다

연한 포도줏빛 하늘에
눈을 그대로 둔 채
바지를 갈아입고 나면

순간의 꽃은
지고 없다

서두르다가
바지에 다리를 잘못 낀 것이
나의 과오는 아니다

순간에서 영원으로
뭔가 옮아간 것이다

장엄한 일이다

다 늦을 무렵 찾아간

절정이 지나 찾아간
가을 선암사는
시가 짧아져 여백이 많아진
어느 시인의 가을 시편 같았다

눈을 압도하는
온 가을의 무성함 대신
지워진 풍경 너머로
안 보이던 것들이 보였다

비만의 살이 빠지자
눈부신 뼈들이 드러나듯
탈탈 털린 허름한 영혼의 창고에서
한 쓸쓸함이 피어나고 있었다

쓸쓸했으나
쓸쓸하지 않았다

별

돌이 창자 내벽을 찌르고 관통하는
결석(結石) 환자라도 되었으면

다정(多情)을 눌러 죽일 수만 있다면
돌이 가슴 한복판에 박힌들 어떠리

다 늦은 저녁 하늘에
빛이 된 돌이 두엇 떠 있다

우주의 사리 같은

금이 간 의자

저녁 산책길에 잠깐 엉덩이를 붙인
버스 정류장 플라스틱 의자는 금이 가 있었다
누구 엉덩이가 좀 육중했을까
아니면, 무심한 구둣발이 지나갔거나

날씨가 풀렸다가 얼었다가 하는 사이
견딜 만큼 견디다가 금이 가기도 했겠지
내가 금 가게 한 사람 부지기수일 텐데
난 왜 이리도 회한이 없는 걸까

하늘은 먹구름만 잔뜩 끼어
고개를 젖혀도 별 하나 보이지 않았다
걸어갔다가 걸어서 돌아오는 길
벌레 한 마리 해친 기억이 없는데
자꾸만 금이 간 의자에 눈이 갔다

제4부

첫사랑과 별(別)하다

날이 하도 좋아
물길 따라 봄나들이 가는 길이었다
둑길 오르막에서 페달을 세게 밟자
뚝 하고 쇠 관절 끊어지는 소리가 나더니
아니나 다를까, 불길한 내 예감이 맞았다
끊어진 체인이 숨진 짐승의 내장처럼
땅에 길게 내려와 있었다

돌아갈 일이 막막했지만
마침 나를 위로라도 하듯
어깨를 툭 건들고 간 바람 덕분에
안절부절못하던 마음도 잠시
아침이면 이 동네 저 동네로
젖동냥을 다니던 아낙처럼
자전거를 끌고 자전거포를 찾아다녔다
일요일이라 자전거포는 문이 닫혀 있었다

도심의 상가를 지날 때였다

유모차에 탄 아가가 방실 웃었다
아가가 웃은 것이
아가의 손에 닿을 듯 말 듯
바람에 날리는 풍선 때문이었는지
풍선을 파는 행상 아저씨가 쓴
우스꽝스러운 모자 때문이었는지
아무 쓸 데도 없는 일을
나와 자전거는 궁금히 여기다가
굼뜬 걸음으로
터벅터벅 그 자리를 떠났다

차도 없는 내게
아들이 십 년 넘게 타고 물려준
내 첫사랑 자전거는
그렇게 나와 작별을 하였다
무쇠 같은 줄이 끊어졌다면 수명이 다한 거라고
아들이 새 자전거를 사온 것이다
하늘을 날 것처럼 기분 좋은 날

너 없이 어떻게 살 수 있을까
고민하고 슬퍼할 새도 없이
하루가 채 못 되어
새 자전거를 들인 것이 염치없고 미안하다

마침 어깨를 건들고 간 바람과
아가의 웃음과 풍선 파는 아저씨와
우스꽝스러운 모자 덕분에
해찰하며 천천한 이별을 할 수 있었으니
그나마 다행이다

회갑

오랜만에 집에 온 아들 녀석
오줌 누는 소리가 시원하고 우렁차다
모든 것을 일순간에 쏟아내는
폭포수의 장쾌함이라니!

내 오줌발은 가을 가뭄에 쫄쫄쫄 흐르는 냇물 같아서
여자처럼 좌변기에 앉아서 오줌을 눌 때도 있다
굴욕도 이런 굴욕이 없다, 싶지만
가끔은 반전의 순간이 오기도 한다

소리를 잃은 지 오래인 내 오줌줄기처럼
일순 삶이 고요해지는 것이다
먼 길을 에돌아 오는 남은 한 방울을 기다리다보면
생이 당도해야할 곳에 이미 와 있는 기분이다

놓치지 말아야할 것을 놓치고도
하늘에 걸린 낮달처럼 태연자약하던

내 영혼이 발랄했던 때가

한 생애를 돌아 다시 올 기세다

좋은 일

암 진단을 받고 나니
암일까 아닐까
가슴 조이던 시간들
이제는 안녕이다
좋은 일이다

나이 들면서
자리 잡기 시작한
조무래기 병들
명암도 못 내밀게 되었으니
좋은 일이다

가을을 사랑하는 일이
누구를 해치는 일은 아니겠으나
이렇게 마냥 행복해도 되는 건지
늘 미안했는데
좋은 일이다

걱정 근심 없이 살아온
내 몸에서도
암이라는 것이 자랐나 보다
세상 걱정도 하며 살라는 건지
좋은 일이다

암 진단을 받고 보니
많은 것들이 달라 보인다
세상은 더 아름답고
사랑할 것들이 더 많아졌다
좋은 일이다

그녀들의 실루엣

설핏 초저녁잠에 들었거나
한밤중 곤한 잠에 빠져 있을 때
그녀들은 나를 다녀간다
내 이름을 암호명처럼 대고
야전 막사 같은 침소로 잠입해서는
나의 불량 장기를 떼어낸
로봇이 들어갔다 나온 구멍들이
덧나지 않고 밤새 안녕한지
나를 열어 보고 간다
몸에 주렁주렁 달린 생명줄들이
끝내 화해하지 못하고
뒤엉켜 있지나 않은지
병에 찌든 살과 피를 맑혀줄
약들은 잘 스며들고 있는지
도란도란 속삭이듯
내 몸과 대화를 나누다가 간다
침상 아래 매달아놓은
오줌통의 눈금을 헤아리기 위해

굽혔던 허리를 펴고 일어서는
꿈속인 듯 어렴풋이 비친
그녀들의 실루엣은
낮은 데로 임하신
하느님의 뒷모습을 닮았다
그녀들이 작은 하느님이시다

아기 손바닥

간밤에 자다가 오줌을 쌌다
화들짝 놀라 손을 더듬어 만져보니
팬티가 흥건히 젖어 있다
설마 이불은 아니겠지 했는데
아기 손바닥만큼 물기가 배었다

원래 나는 오줌싸개였다
초등학교 6학년 때까지
이불에 자주 지도를 그렸다
주로 한반도 지도를 그렸지만
가끔은 세계지도도 그렸다

세탁기는커녕 수도도 없던 시절
영하 15도 엄동설한에
두툼한 솜이불 위에 그려놓은 지도를
어머니는 마당 우물물이나
시퍼런 냇물에 손을 담가 지우곤 하셨다

때론 어머니도 감당이 안 되시는지
지도를 그려도 세계지도를 그렸다고
이 엄동에 이걸 어떡하느냐고
당신 자신에게 하소연은 하셨지만
내게 언짢은 기색을 보이지는 않으셨다

아기 손바닥만큼 물기가 밴 이불을
어머니의 유품인 양 어루만지며
암 수술 후유증으로
다시 오줌싸개가 되어버린 것을
나도 언짢아하지 않기로 했다

아침에 일어나 보니
이불에 물기가 없어졌다
아기 손바닥도 온데간데없다
그사이 마른 것인지
꿈속에서 어머니가 다녀가신 것인지

생리대 사회학

오래전에 폐경 선언을 한 아내와
생리대를 사러 동네 마트에 다녀왔다

전립선암 수술 후
보송보송한 여성 전용 생리대를
요실금 팬티 대용으로 착용한 지도
일 년이 다 되어간다

남자가 생리대를 차고 다닌다고
아내는 나를 놀리면서도
속내로는 짠한 마음이 드는 모양이다

나는 그러지 못했다
여자니까 당연한 일이지 했던 거다
피를 뚝뚝 흘려도 남의 일이었던 거다

아내가 반평생을 고생했으니
나는 반의반이라도 해야지

그러면 공평하겠다, 싶다

겨울 숲에서

눈 오신 다음 날
겨울 숲에 가보았더니

수북이 쌓인 낙엽 위로
눈이 내려 덮여
마치 수의를 입혀놓은 듯하다

겨울 숲이 고요한 것은
흰옷 입은 조문객들이
상을 치르느라 여념이 없어서다

한 계절이 한 계절을 떠나보내는
장엄한 미사다

천 번의 산책

죽는다는 것은
어쩌면 통쾌한 일이다
살만큼 살고도 죽을 수 없다면
죽어지지 않는다면
얼마나 황당한 일이겠는가

오늘 걸었던 아름다운 오솔길
땅거미 내리던 저녁 숲길 끝자락
그 어둑한 심연 속으로
가뭇없이 사라질 수 있다면
얼마나 멋진 일이겠는가

밤이 지나야
환한 아침이 오는 법
그 아침이 다른 이의 아침이 된들
무엇이 억울할 것인가
누군가가 누릴 그 아침은

또한 얼마나 눈부실 것인가

다만, 한 가지 욕심은
내게 허락된
아니, 허락되었을지도 모를
내게 남아 있는
아니, 남아 있을지도 모를
천 번의 산책을 마치고
돌아갈 수 있기를

자전거 타기

자전거를 타려면
처음에는 뒤에서 잡아주어야 한다
누구의 도움 없이
자전거를 타는 사람은 아무도 없다
하지만 필경 혼자여야 할 때가 온다

오르막에서는
기어를 변속하여
고통의 질량을 잘게 나눈다
잔망스럽게 페달을 밟아야
가파른 길도 거뜬히 오를 수 있다
부드러워져야 오래 버틴다

풍경이 속도에 지워지면
자전거는 위험해진다
자전거를 타고 가면서도
방천길에 해살해살 웃고 있는
자잘한 꽃들에게

눈인사를 건넬 수 있어야 한다

자전거를 타고
저녁이 오는 속도보다도
더 천천히
방천길을 달리다 보면
산다는 것이 문득 단순해진다
페달을 밟기만 해도
자전거는 바람을 일으키고
세상은 다시 설레기 시작한다

풀씨

감기가 암보다 더 지독하다고
애기 낳을 때 빼고는
이렇게 아파보기는 평생 처음이라고
아내가 말했을 때
암에 끼워주지도 않는다는 전립선 초기암을
가볍게 겪었을 뿐인 나는
수긍의 눈빛을 기꺼이 보여주었다

입 벌릴 힘조차 없어
손짓과 귓속말로 의사를 전하던 아내는
병원에 다녀온 지 나흘째가 되어서야
무슨 위험한 과업이라도 수행하듯
한참이나 입에 머금고 있던 물을
찡그린 표정을 지으며 꿀꺽 삼키더니
언제적 웃음인지 모처럼 환해진 얼굴로
엄지 끝을 검지 끝에 갖다 대며
미미한 차도가 있음을 알려주었다

아내는 아프면서 깨달은 것이 있었는지
사는 것은 이 정도면 된 것 같고
죽을 때 고통 없이 죽는 것이 소원이라고 했다
나는 아내와는 달리
죽는 일보다는 사는 일을 생각하고 있었다
아내가 낫고 나면 자전거를 타고
어디 멀리 좀 다녀오고 싶다는, 그런 생각 끝에
세상에는 손끝만큼의 차도도 보이지 않는
그런 캄캄한 삶도 있을 것이라는
그런 생각도 스치듯이 해보았다

난생처음 해본 생각이라
심히 부끄러웠지만
어찌 보면, 나도 풀씨만큼의 차도를 보인 것이니
조금은 뜻 깊은 일이기도 했다

억새

꽃들이 질 때를 기다려
억새는 머리를 푼다

나무들이 옷을 벗을 때를 기다려
억새는 머리 손질을 시작한다

겨울 추위가 깊어지면
머릿발은 더 희고 풍성해진다

바람이 흔들어댈수록
머리채가 눈부시게 출렁인다

억새에게는 마구 흔들리는 일이
아름다워지는 일이기도 하다

제 안의 쓸쓸함으로 다정해진 억새가
황량한 겨울 들판에서 웃고 있다

세상 쓸쓸할수록 다정해지자고

같이 다정해지자고

12월

동네 통닭집에서
혼자 청승맞게 소주 마시는 사내
통닭들 살아생전에
물 한 모금 마시고 하늘 한 번 쳐다보듯
소주 한 잔 털어 넣고 노란 살점 씹으며
눈은 티브이로 돌아가는 사내
잠시 후 냉장고에서 소주 한 병 더 가져와
두 병째 뚜껑을 따는 사내

한때 소주를 사랑했으나
지금은 입술조차 안 적시고
소주 한두 병이면
넉넉히 몸 망가뜨릴 수 있어
통닭이나 싸들고 집으로 가는 것이
고작인 내 눈에는
세상 부러울 것 없는 사내

한 계절 넉넉히

사내를 부러워하고 싶었다

내가 사내를 부러워한 그 순간

혼자 청승맞게 소주 마시던 사내가

홀연 청승을 벗어버린 건데

흥미로운 것은

그런 착각이 불러온 온기였다

주인이 건네준 통닭에서는

따뜻하고 구수한 냄새가 났다

나도 사내처럼

세상 부러울 것이 없었다

여행

볼일 보려고
변기에 앉았을 때
찾아오는
잠깐의 적요

모든 것이 들통나는
순간이다

아무 생각이 없어서
외려 정연해지는 이 잠깐의 여행에서
나는 엉덩이만
까고 있는 것이 아니다

돌이켜보면
내가 내 안을 들여다보는
치욕과 모멸스러움이
평생의 일용할 양식이었다

그런 중에
내가 나를 만나는 어색함이
강물 같은 다정함으로
들썩이는 순간이 오기도 했다

변기에 앉아
나를 심문하는 시간에도
내가 내게
다정해질 수 있다면

여행을 끝내도 좋을 것이다

눈 가난하게 내린 날에는

눈 오다 말아
마음 더 추워지는 날엔
동네 뒷산에라도 오를 일이다

눈 가난하게 내린 날에도
산에 가보면 눈이 푸지게 쌓여 있다
먼 친척 어른이라도 오신 날처럼
가난한 살림에도 희디흰 쌀밥이
고봉밥으로 차려져 있다

도심의 허공을 떠돌다가
수명을 다하거나
차량들이 내뿜는 배기가스에 질식사하거나
주택가 이층 옥상에 내렸다가
눈물로 흘러내리거나

쌓이지 않은 희망은 얼마나 참혹한가!

눈 조금 오다 그친 날은
동네 뒷산에라도 오를 일이다
응달에 쌓인 눈이 더 단단한 이치를
이마에라도 새기고 올 일이다

헐벗은 나무 빈 가지마다 내려앉은
희고 여린 것들이
강철 같은 얼음꽃으로 피어 저리도 눈부신 것을!

제5부

봄, 꽃

봄은 꽃이 피어 봄이다
꽃이 피지 않고 봄일 수는 없다

나도 너의
필연이고 싶다

새해 소원

새해에는
달리 바라는 건 없고
다만,
새로 연애 한번 하고 싶다

혼이 빠지고
뼈가 녹는 처연한 열애는
내가 힘이 없으니
사양하겠고

또한
그것이 누구에게는
죄가 되는 짓일 수도 있으니
그래서는 안 되겠고

새해에는
마른 풀 한 포기에게라도
다정해지고 싶다

다정히 대해주고 싶다

새해 소원은
이것뿐

봄이 오기 전에
먼저 봄이 되고 싶다

봄이 오기 전에

기차를 타고 가다가
차창 너머로
나뭇잎 하나 달고 있지 않은
겨울 잡목들을 보며

나는 왜
회심의 미소를 지었던 것일까

나도 저러고 싶다고
저 허허로운 풍경이고 싶다고
변심이라도 하듯
마음이 가고 말았을까

그러다가
봄이 오면 어쩌려고
그때 가서는
무슨 변명을 늘어놓으려고

그래도 봄이 오기 전에
연둣빛 하나 없는 이 계절의 삭막함을
가슴에, 가슴팍 어딘가에
눈물처럼 쟁여두고 싶다

그래야 나도 봄이 될 것 같다

검은 산

저 산에 가고 싶다
꼭두새벽 잠 떨치고 일어나
꿈길을 가듯 휘청거리며
아직 어둠에 묻힌 산
누구 거기서 가슴앓이하는 듯
꽃 한 송이 피다가 쓰러진 듯
밤새 신음 소리 들리던
저 산에 가고 싶다

여명의 아침이 와도
산 그림자 짙게 드리우고
슬픈 사내처럼 울고 있는
저 산, 저 검은 산
누구 거기서 날 부르는 듯
꼭두새벽 눈 비비고 일어나
반백년 잔설이 녹지 않는
저 산에 가고 싶다

갈대

누군가를 마중 나온 사람처럼
그 익명의 얼굴들처럼
서성이는 일로 온 하루를 보내는
나 같은 사람에게도 손 흔들어주는

다 늦은 저물녘엔
오늘도 고단한 하루를 보냈을
지친 새들을 발밑으로 불러 모아
곤한 잠을 자게 하는

갈대, 갈대숲에 서면
사는 일이 숭엄해진다

나무에게

나무에게도
영혼이 있을 거라고
생각한 적이 있었다
나무에게 미안하다
나무에게도, 라고 했던 것이

나무가 없다면
나뭇잎 우거진 오솔길이 없다면
뭇 생명들의 영혼의 터인
저 짙푸른 숲 한 채가 없다면
나의 쉼도 없는 것을!

몸이 허랑해지면서
높이에 대한 선망도 옅어지는지
야트막한 동네 산에 자주 간다
요즘 산에 가는 것은
나무에게로 가는 것이다

나무에게 배우러 가는 것이다

어제 걸었던 산길을 오늘도 걷다가
화들짝 놀라 뒤를 돌아본다
어제도 숲이 저리 어둑했는지
그때 내 영혼도 깊어지고 있었는지
생명을 빚지고 있는 나무들에게
감사는 충분했는지

의자

자전거를 타고
방천길을 달리다 보면
풍경의 쉼표 같은
의자들이 눈에 들어오지

먼발치로 의자를 바라보거나
인연을 뒤로한 채
그냥 스쳐 지나가는 것만으로도
마음이 평화롭지

하물며는
우주의 정거장 같은 빈 의자에
잠깐 앉았다가 가는 것은
호사도 그런 호사가 없지

나도 누군가에게
영혼의 간이역 같은
의자가 되어주고 싶다는

그런 생각을 해보기도 해

풍경을 거슬러
마구 달려보고 싶은 마음에
쉼표를 찍으면서

밥과 천국

요즘 입맛이 좋아선지
밥 한 술과 소소한 반찬 몇 개
입안에 넣고 오물오물 씹다 보면
천국이 따로 없다
입안이 바로 천국이다

밥에 김치 쪼가리 얹어
지상에서의 마지막 식사인 양
밥과 반찬이 물이 될 때까지
오래오래 씹다 보면
천국의 문이 열리는 것이다

요즘 밥맛이 좋아선지
책을 읽고 산책하고
영혼의 녹즙인 시를 뽑아내는 일보다도
하루 세 끼 밥을 먹을 때가
내게는 가장 진지한 시간이다

밥을 먹는 것은

실은 누군가의 삶을 먹는 것이다

그의 온 삶을 먹는 것이다

그를 키운 햇살과 바람과

끝내는 우주를 먹는 일이다

나의 천국은

누군가의 지옥일 수 있다

사랑

풀린 운동화 끈을 매려고
허리를 숙이다가
느티나무 붉은 단풍잎과
눈이 맞았다

험한 노숙에도
어찌나 때깔이 곱던지
운동화 끈을 맬 생각도 잊고
한참을 바라보다가

문득,

내 몸 어디에
저 잎사귀를 생각하는 마음이 있어
이리도 애절해지는지
궁금해지는 것이었다

지금 길을 잃은 자만이

그대를 벗이라 부릅니다
어둑한 강둑으로 걸어오는 그대에게
더 어두워지자고
한 시절 넉넉히 길을 잃어보자고
손 내미려 합니다

어두워진 뒤라야
나물처럼 별이 돋아나듯이
어둠을 살라 먹고 아침이 오듯이
지금 길을 잃은 자만이
길을 찾게 될 것입니다

절망은 희망의 밥입니다
모래 위에 성을 쌓아온 시간들
다 허물어버리고
차라리 슬픔 위에 성을 쌓아가자고
손 내밉니다

진실만이 희망입니다

지는 낙엽을 보며

떠나는 뒷모습이 아름답게 해달라고
기도하지 않겠다, 다만
내가 떠나도 세상은 아름답기를 바란다

나를 바라봐준 다정한 눈빛들
정녕 잊지 않겠다, 흙이 될 때까지
흙이 되어서도 내게 온 그 따스함으로
시린 잔뿌리들을 덮어주겠다

떠나는 뒷모습이 아름답기를
꿈꾸지 않겠다, 나를 조롱해도
내가 받은 과분한 사랑만을 기억하겠다

아직 떨구지 못한 추문의 잎새들
언제까지 가지에 매달고 떨고 있을 것인가
추락할 용기가 없는 나여!

떠나는 뒷모습이 아름답기 위해

참회하지 않겠다, 다만

지난날의 과오를 용서받고 싶다

그리고 잘게 부서지고 싶다

당신이 즐겁게 나를 밟고 지나갈 때

그때 당신의 뒷모습이 아름답기를 바란다

진실의 힘을 믿는 다정한 시인

박일환

1. 긍정과 낙관의 세계

안준철 시인을 처음 알게 된 건 『너의 이름을 부르는 것만으로』 (1992)라는 시집을 통해서였다. 자신이 가르치는 제자들의 생일마다 써주었던 축시를 모은 시집이다. 안준철 시인은 대학 졸업 후 제약회사에 다니다 뒤늦게 다시 사범대에 편입하여 교사의 길로 들어섰다. 그런 만큼 교직에 대해, 그리고 교실에서 만나는 아이들에 대해 애정이 남달랐다. 제자들의 생일 축시를 일일이 써주게 된 건 그런 애정이 있었기에 가능했다. 나 역시 오래도록 교사 생활을 해왔지만 한 번도 생일 축시 같은 걸 써볼 생각을 하지 않았다. 이토록 괴로운 세상에 태어난 건 저주(?)받을 일이지 축하받을 일이 못 된다는 게 내 알량한 생각이기도 했다.

그래서 시를 쓰는 동안에도 나는 줄곧 긍정보다는 부정의 정신을 벼려온 편이다. 그게 불의와 모순이 지배하는 세상에 맞서는 방편이자 나의 정체성을 확인하는 방법이라 여겼다. 그에 반해 안준철 시인은 줄곧 긍정과 낙관의 세계를 일구어 왔다.

> 슬픈 꿈을 꾸다가 잠에서 깰 때가 있다
> 이런 날에는 꿈에서 깨어나도
> 슬픈 감정이 몸 어딘가에 앙금처럼 남아 있다
>
> 오래전 푸른 하늘을 바라보다가
> 수채화처럼 마음에 번진 적 있는
> 무명빛 서러움이 거기에 배어 있다
>
> 어린 시절, 겨울이 막 시작될 무렵
> 풀 먹인 무명 이불의 까실한 감촉이 좋아
> 따뜻한 이불 속에 있다가도
> 차가운 이불 홑청을 매만지곤 했던 것이다
>
> 슬픔이 다녀간 곳에는
> 빛에 스러져간 별자리처럼
> 맑고 투명한 얼룩이 남아 있다
>
> 오늘도 손님처럼 찾아온 슬픔을
> 아침이 올 때까지
> 잘 대접하여 보내주었다
>
> ――「손님」 전문

이전에 낸 『시집 별에 쏘이다』(2009) 첫머리에 실린 시이다. 자신에게 찾아온 슬픔마저 "잘 대접"해 보내는 마음, 그게 안준철 시인의 본성이자 시를 대하는 마음자리이다. 이런 마음이 잘 드러난

시들이 이번 시집에도 가득하다. 가령 다음과 같은 시를 보자.

> 그대를 벗이라 부릅니다
> 어둑한 강둑으로 걸어오는 그대에게
> 더 어두워지자고
> 한 시절 넉넉히 길을 잃어보자고
> 손 내미려 합니다
>
> 어두워진 뒤라야
> 나물처럼 별이 돋아나듯이
> 어둠을 살라 먹고 아침이 오듯이
> 지금 길을 잃은 자만이
> 길을 찾게 될 것입니다
>
> 절망은 희망의 밥입니다
> 모래 위에 성을 쌓아온 시간들
> 다 허물어버리고
> 차라리 슬픔 위에 성을 쌓아가자고
> 손 내밉니다
>
> 진실만이 희망입니다
>
> ──「지금 길을 잃은 자만이」 전문

"절망은 희망의 밥"이라는 저 낙관의 힘이 안준철 시인의 시를 떠받치고 있는 것이다. 그건 시인이 "진실만이 희망"이라는 굳건한 믿음을 지니고 있기 때문이다. 진실이 없다면 시도 없다는 것이 안준철 시인의 지론이다. 그래서 다음과 같은 발언을 한 적도 있다.

시를 본격적으로 쓰기 시작하면서 나에게 문제가 된 것은 진실이었다. 사물을 진실하게 바라볼 수 없다는 것은 시인으로서 부적격, 혹은 불능을 의미한다. 나는 좋은 시를 쓰기 위해서라도 진실한 사람이 되어야만 했다. 진실해지지 않는 것, 그로 인해 많은 아픔이 있었지만 그런 지난한 과정을 통해 시의 길이 곧 진실의 길임을 알게 되었다.

시 전문 계간지『사이펀』(2019년 봄호)에 신작시를 발표하며 함께 실은 시작 노트의 한 대목으로, 안준철 시인의 시론이라 할 만한 내용이 잘 드러나 있다. "진실한 사람이 되어야만 했다"라는 말에서 알 수 있듯이 시론이자 인생론이라 할 수도 있겠는데, 삶과 시를 일치시키고자 하는 자세를 엿볼 수 있다. 실제로 시인은 첫 시집 머리말에서 이미 "시는 삶으로 쓰는 것"이라는 문구를 적어놓기도 했다.

앞서 긍정과 낙관의 세계가 안준철 시인의 기조를 이루고 있다고 했는데, 그렇다고 해서 모든 시가 그런 것은 아니다.

나는 누군가와의
싸움을 생각하고 있었는지도 모른다
세상을 갉아먹는 모든 관행과
내 안에 뿌리내린 온갖 관성과
뉘우쳐도 진실로 뉘우치지 않는
너의 끝 모를 탐욕과
뉘우쳐도 진실로 뉘우쳐지지 않는
나의 철저하지 못함과

나는 아직 애도하지 않았다
나는 싸울 것이다
싸워서 이길 것이다
그때 비로소 참회의 눈물을 흘릴 것이다
아이들아!
그때까지만 나를 용서해다오

그때까지는
나를 용서하지 말아다오

　　　　　　　　— 「나는 아직 애도하지 않았다」 부분

"싸울 것이다/싸워서 이길 것이다"와 같은 구절은 안준철 시인의 시에서 좀체로 찾아보기 힘든 구절이다. 그럼에도 이런 시를 쓰게 된 건 세월호 참사로 "가랑잎 같은 아이들 하늘로 보"(「꽃들이 울고 있더라」)낸 세상에 대한 분노를 누를 수 없었기 때문이다. 분노해야 할 때 분노하는 것 역시 진실의 길로 다가가는 방법이다. 나와 우리가 속한 세상이 늘 아름다운 것만은 아니기에 "세상을 갉아먹는 모든 관행"과 "끝 모를 탐욕"에 맞서 싸우는 일을 피할 수 없다. 거기서 눈 감고 돌아서는 일이야말로 진실을 은폐하려는 집단에 가담하는 일이 될 것이기 때문이다.

2. 소멸을 향해 가는 아름다움

안준철 시인은 근자에 두 가지 큰 변화를 겪었다. 하나는 정년을 맞아 교단에서 떠나온 일이고, 다른 하나는 암 수술을 받은 일이다. 그래서 이번 시집에는 학교 생활과 아이들의 모습을 그린 시편이 들어 있지 않다. 교사로서의 삶은 안준철이라는 개인에게 있어 거의 모든 것이라 할 만큼 큰 부분을 차지하고 있었다. 나는 안준철 시의 애독자이면서 동시에 그가 써낸 여러 권의 교육 산문집 애독자이기도 했다. 교사로서 어떤 자세와 마음가짐으로 아이들을 대해야 하는지 그의 책으로부터 많은 가르침을 배울 수 있었다. 아이들이 비어 있는 공간을 이제 무엇으로 채울 것인가. 하지만 그런 걱정 대신 느닷없이 찾아온 악성종양과 맞닥뜨려야 했다.

암 진단을 받고 나니
암일까 아닐까
가슴 조이던 시간들
이제는 안녕이다
좋은 일이다

나이 들면서
자리 잡기 시작한
조무래기 병들
명함도 못 내밀게 되었으니
좋은 일이다

가을을 사랑하는 일이
누구를 해치는 일은 아니겠으나
이렇게 마냥 행복해도 되는 건지
늘 미안했는데
좋은 일이다

걱정 근심 없이 살아온
내 몸에서도
암이라는 것이 자랐나 보다
세상 걱정도 하며 살라는 건지
좋은 일이다

암 진단을 받고 보니
많은 것들이 달라 보인다
세상은 더 아름답고
사랑할 것들이 더 많아졌다
좋은 일이다

—「좋은 일」 전문

이 시에도 안준철 시인의 긍정적인 세계관이 그대로 담겨 있다. 자신에게 닥친 육체적 불행을 "좋은 일"이라고 여기는 태도가 그런 점을 잘 보여준다. 이전부터 가져왔던 태도이긴 하지만 암 투병 이후 그런 인식이 더욱 도드라지고 깊어졌다는 걸 확인할 수 있다. "많은 것들이 달라 보"이고 "사랑할 것들이 더 많아졌"으니 이런 상태를 일러 시인에겐 축복이라 할 것인가! 물론 이 말이 투병 과정의 고통과 지금도 후유증으로 고생하고 있는 상황을 가리기 위한 것은 아니다. 그럼에도 시인은 분명 새로운 눈으로 세상을 바라보기 시작했다. 아래와 같은 시가 그런 점을 명확히 보여준다.

오래전에 폐경 선언을 한 아내와
생리대를 사러 동네 마트에 다녀왔다

전립선암 수술 후
보송보송한 여성 전용 생리대를
요실금 팬티 대용으로 착용한 지도
일 년이 다 되어간다

남자가 생리대를 차고 다닌다고
아내는 나를 놀리면서도
속내로는 짠한 마음이 드는 모양이다

나는 그러지 못했다
여자니까 당연한 일이지 했던 거다
피를 뚝뚝 흘려도 남의 일이었던 거다

아내가 반평생을 고생했으니
나는 반의반이라도 해야지

그러면 공평하겠다, 싶다

— 「생리대 사회학」 전문

"당연한 일"이 결코 당연한 일이 아님을 알아차리는 건 쉬운 일이 아니다. 역지사지라는 말이 있긴 하지만 그런 말이 있다고 해서 자신이 겪지 않은 다른 사람의 고난과 고통에 쉽게 공감할 수 있는 건 아니므로. 안준철 시인도 수술 후유증으로 생리대를 차게 되어서야 비로소 여자들이 겪는 일상의 고통을 이해할 수 있었다. 시인이라는 존재는 본래 "남의 일"에 대한 공감대가 넓은 편인데도 그랬다.

그렇게 새로운 눈으로 세상을 보기 시작한 시인에게 생긴 변화라면 퇴락하거나 소멸해가는 것들이 유독 시의 촉수에 자주 걸려들고 있다는 점일 것이다.

> 저 나무 그루터기가
> 꽃처럼 예쁘지는 않지만
> 조용히 썩어가고 있는 모습이
> 흙으로 곱게 돌아가는 모습이
> 세상 어떤 풍경보다도
> 아름다워서 찍고 있는 거라고
>
> ―「차마」 부분

> 성수기가 지난 연못에는
> 시간에 그을려 퇴락한 것들이
> 꺾이고 처박히고 말라비틀어져 있다
> 빛을 잃어 똥색이 된 얼굴들이
> 알 수 없는 따스함으로
> 소멸을 완성해가고 있다
>
> ―「파시」 부분

모든 존재는 언젠가는 소멸을 통해 자연으로 돌아간다. 이렇듯 명확한 사실을 모르는 사람은 없지만, 대부분 그런 사실을 애써 외면하고 싶어한다. 인정하기 싫은 것이다. 그러나 자연의 질서는 한 치의 어김이나 비켜감이 없으므로 받아들일 도리밖에 없다. 그렇게 받아들였을 때 오히려 평온을 누릴 수 있는 법이니, 안준철 시인은 "꺾이고 처박히고 말라비틀어져" 소멸을 향해 가는 나뭇잎

들에서 "따스함"을 읽어낸다. 그 따스함을 벗 삼아 걸어가는 길에서 "백발의 억새"(「하루」)를 만나고, "나뭇잎 하나 달고 있지 않은/겨울 잡목들을"(「봄이 오기 전에」) 만나고, 금이 간 "버스정류장 플라스틱 의자"(「금이 간 의자」)도 만난다. 이런 만남은 또 어떤가?

> 작은 나무처럼 서 있는
> 한 소녀의 자람이
> 나의 시듦으로 인한 것이라면
> 억울할 것 같지 않다는
> 즐거운 계산
>
> ─「병원 나들이 가는 길」부분

시인은 병원 가는 길에 "건널목 맞은편에 서 있는/예쁜 귀마개를 한 소녀"를 보았던 모양이다. "늙수그레한 사내"인 자신과 그 소녀를 비교하면서 어쩌면 "나의 시듦"이 "소녀의 자람"과 연결되어 있을지도 모른다는 "유쾌한 상상"을 한다. 그렇게 소멸을 긍정하고 거기서 따스함과 아름다움을 얻기도 하지만 그런 시인에게도 이승에서 이루고 싶은 욕심이 전혀 없는 건 아니다.

> 다만, 한 가지 욕심은
> 내게 허락된
> 아니, 허락되었을지도 모를
> 내게 남아 있는
> 아니, 남아 있을지도 모를
> 천 번의 산책을 마치고

돌아갈 수 있기를

　　　　　　　　　　　　　　　　　—「천 번의 산책」 부분

　　욕심치고는 참 소박하다. 교육과정 속에 산책이라는 과정이 하
나 있으면 좋겠다고 할 정도로 안준철 시인은 산책을 사랑한다.
산책은 느림, 즉 서두르지 않음을 전제로 한다. 사람들은 나이 들
수록 세월이 빨리 간다고들 한다. 그럴 것이다. 가는 시간을 막을
수는 없지만 느리게 가도록 하는 방법이 하나 있으니, 그게 산책
이 아닐까 싶다. 이 세상을 산책하듯이 살다 가면 얼마나 좋을까?
일찍부터 산책의 즐거움을 아는 몸이 된 안준철 시인은 산책길에
서 만난 자연과 이웃들을 자신의 시 안으로 기꺼이 초대해서 함께
마음을 나누곤 한다.

　　3. 조금의 미학

　　　4월, 조금 이른 아침
　　　간밤에 춘설이 내렸나
　　　산길에 눈이 조금 쌓여 있다
　　　바람 조금 차갑고
　　　햇살 조금 따뜻하다
　　　차가운 것 조금
　　　따뜻한 것 조금
　　　서로를 조금씩 내어놓고
　　　흥정을 붙이더니
　　　어르고 달래더니

이내 알맞게 섞인다

그사이
초록, 조금 짙어진다

―「조금」 전문

　나는 이 시가 안준철 시인의 시 세계를 조감하는 데 상당히 중
요한 기준을 제시해주고 있다고 본다. 넘치는 것은 모자람만 못하
다는 말이 있다. 현대인들의 심리 구조가 점점 욕망을 향해 치닫
고 있다는 얘기가 나온 지도 한참 되었다. 하지만 욕망이라는 이
름의 괴물은 점점 제어하기 힘든 상태로 몸집을 불려가고 있다.
무한 욕망을 부추기는 자본주의 시스템 안에서 탈주하거나 자유
롭기는 힘든 것이 사실이다. 그럴수록 함부로 휩쓸리지 않으려는
안간힘은 소중하다. '점점 더 많이'가 아니라 '조금 적게'를 지향하
는 자세가 인류문명의 파멸을 막는 유일한 길일지도 모른다. 그
래서 위 시에 나오는 눈, 바람, 햇살, 차가운 것, 따뜻한 것이 각자
"조금"의 정도를 유지하며 서로 "알맞게 섞"이는 모습은 그 자체로
아름답고 훌륭하다. 거기에 시인도 마음을 조금 보탰을 것이다.
위대한 시를 만들겠다는 욕심이 아니라 슬며시 그 속에 섞여들고
싶어하는 마음을 나만 읽은 것은 아닐 거라고 믿는다.

돌 위에
돌 하나 놓여 있다

돌 위에 돌을 얹으면

마음이 되는구나

돌과 돌이 포개지면
기도가 되는구나

지고지순한 사랑은
저렇듯 간명하구나

돌 하나를
더 얹으려다, 만다

— 「탑」 전문

"돌 하나를/더 얹으려다" 마는 마음에서도 나는 그런 자세를 읽는다. 기도 또한 지나치면 욕망이 된다는 걸 알았기 때문이리라. 그림을 그릴 때도 복잡한 구도가 아니라 단순한 구도가 오히려 훨씬 많은 걸 보여주고 전달할 때가 있는 법이다. 적당한 선에서 멈추는 것, 살아가는 일도 그렇거니와 시 쓰기 역시 마찬가지일 것이다. 욕심내지 않고 쓰는 시가 독자들을 오래 붙들어 두는 경우를 많이 보았다. 이런 깨달음은 "지독한 안개는 풍경을 만들지 못한다는 것을"(「안개와 풍경」) 알아채는 눈과도 통한다. 시인의 표현을 빌리자면 "비만의 살이 빠지자/눈부신 뼈들이 드러나"(「다 늦을 무렵에 찾아간」)는 것이니, 비만은 육체와 정신에서 모두 경계해야 할 대상이다. 나는 안준철 시인이 도달한 이 지점을 '조금의 미학'이라는 말로 부르고 싶다.

손놀림이 빠를수록
흘리지 않고 앵두를 따는 법은 없다

　　　　　　　　　　　―「앵두 따는 법」부분

욕망은 또한 속도와 비례한다. 세상을 살아가는 동안 '빨리빨리'
를 외치다 흘리거나 놓쳐버린 것이 얼마나 많을까? 속도를 조금
늦추고 천천히 가다 보면 더 많은 것을 얻을 수 있다는 걸 시인은
친절한 목소리로 들려준다.

4. 환대하는 마음, 다정하게 마주 보기

길 가다가 만난
풀꽃 한 무더기
허리께를 잘 모아 쥐면
한 아름의 꽃다발이 될 성싶어
손을 모으는 시늉만 하고는
막 돌아서려는데
눈이 유난히 큰 꽃망울 하나가
나를 빤히 쳐다본다

가만 보니
눈망울이 작은 꽃들도
안 보는 척
곁눈질을 하고 있다

　　　　　　　　　　　―「환대」전문

외면당해본 사람은 알 것이다. 그게 얼마나 마음의 상처가 되는지. 안준철 시인은 외면하지 못하는 사람이다. 그것이 비록 말 못하는 꽃 한 송이일지라도. "눈이 유난히 큰 꽃망울 하나가/나를 빤히 쳐다보"는 모습에서 시인은 꽃이 자신을 환대하는 마음을 본다. 또한 「이월이의 반가사유」에서는 장모님 댁의 강아지 이월이가 자신을 반가워하는 모습에서 역시 환대의 자세를 읽어낸다. 환대를 받으면 그만큼 돌려주어야 하는데, 그건 그리 어렵거나 큰일이 아니다. 같이 마주 보아주는 것, 그것만으로도 이미 환대의 마음을 나누는 것 아니겠는가. 환대란 그렇게 상대를 자신의 눈과 마음 안에 모시는 일이다.

식물이나 동물과의 관계에서도 그럴진대 사람을 대하는 일은 또 어떻겠는가.

> 두 행상 부부가
> 내 안으로 들어와
> 가슴 두근거리며
> 저만치서 걸어오는
> 한 사내를 바라보고 서 있는 거였다
>
> ─ 「빙의가 온 날」 부분

등산을 갔다가 내려와 "단골 식당에서/산채비빔밥을 맛있게 먹을 요량"이었던 시인은 "주차장 식당가로 가는 길목에서/포장마차 행상 부부를 만"난다. "두 행상 부부가/내 안으로 들어"온 순간 시인은 결국 산채비빔밥을 포기한다. 그런 마음은 연로하신 장모님을 대해는 태도에서 더욱 두드러지게 나타난다.

아내가 눈병으로 고생하는 동안
장모님은 전화로만 안부를 물어오셨다
이삼 년 뒤면 구순이 되시는
장모님께 눈병이라도 옮길까 봐
아내는 전전긍긍했던 것인데
대신 내가 장모님 댁에 들러
연속극 재방을 같이 보기도 하고
그러다가는 언젠지도 모르게
깜빡 잠이 드신 장모님 곁에서
한숨 푹 자고 오기도 했다

초록을 잃고서야 제 색깔을 얻은
백발의 억새가 눈부신 천변을 따라
자전거를 타고 갔다가
자전거를 타고 돌아왔다

하루가 물 흐르듯 지나갔다

— 「하루」 전문

구순이 가까운 장모님과 동무해드리기 위해 시인은 가끔 장모님 댁에 들르는 모양이다. 들러서 "연속극 재방을 같이 보기도 하고" 때로는 피자를 시켜서 함께 나눠 먹기도 한다(「온전한 시간」). 그러던 어느 하루는 장모님을 모시고 "구례 섬진강 벚꽃길"로 꽃구경을 다녀오기도 했다(「아름다운 모델」). 장모님을 모델로 내세워 사진을 찍어드리는 장면에서 장모와 사위 간의 다정함을 확인하며 뭉클함을 느끼지 않을 도리가 없다.

"풀린 운동화 끈을 매려고/허리를 숙이다가/느티나무 붉은 단풍 잎과/눈이 맞"(「사랑」)기도 하는 시인은 "생애의 저녁이 이슥토록/순한 눈길 하나 내고"(「눈길」) 싶다고 말한다. 그런 시인의 눈길에 '다정'이라는 낱말을 포개서 읽어 보자.

> 새해에는
> 마른 풀 한 포기에게라도
> 다정해지고 싶다
> 다정히 대해주고 싶다
>
> —「새해 소원」 부분

> 세상 쓸쓸할수록 다정해지자고
> 같이 다정해지자고
>
> —「억새」 부분

다정해지는 것, 그게 쓸쓸한 세상을 이겨내는 시인의 방법이다. "내가 내게/다정해질 수 있다면//여행을 끝내도 좋을 것이"(「여행」)라고 말하고 있을 만큼 '다정'은 안준철 시인의 작품을 이해하는 또 하나의 키워드라고 보아도 무방할 듯하다.

무르팍 어디쯤에서 찌릿찌릿 통증을 전해 오는 걸 귀뚜라미가 거기 살면서 보내오는 신호라고 조금은 능청스럽고 여유 있게 표현한 「시인과 의사」를 비롯해 더 따라 읽고 싶은 시들이 많지만 그러자면 한이 없을 것 같아 여기서 접는다. 이 또한 조금의 미학에 동참하는 것일까? 다정도 병인 양하여 잠 못 이룬다고 노래한 옛 시인도 있었지만, 나는 이 어설픈 해설을 마치면서 "어려운 숙제를 푼 소년처럼/배시시 웃"(「병원 나들이 가는 길」)으며 다정한 시인을 만나 막걸리 한잔 나누고 싶은 생각 속으로 빠져든다.

朴一煥 | 시인

푸른사상 시선 104

생리대 사회학